Comentarios de los niños para Mary Pope Osborne, autora de la serie "La casa del árbol".

Quiero que escribas 999.999.999.999.999 libros. —Tyler C.

Le di uno de tus libros a mi maestra. Y éste se convirtió en su libro favorito. —Jackie P.

¡Me gustan tanto tus libros! ¡Cada uno es mi favorito! —Lauren D.

Me encanta tu colección. Con estos libros siento que puedo atravesar cada historia caminando. —Levi H.

Deseo tener la colección completa. Y espero que escribas millones más. —Claire M.

Cada vez que leo uno de tus libros mi mente emprende una aventura nueva. —Jeff D.

Me gustaría pasarme la vida leyendo esta colección. —Juliette S.

Ya he leído muchos libros de la serie. Me siento orgullosa de haber leído tantos libros y se lo cuento a todos mis amigos. —Meredith M.

Adoro los libros de "La casa del árbol". Me hacen más feliz que una hiena. —Natalie D.

Queridos lectores,

Durante el transcurso del año pasado, muchos de ustedes me pidieron que Annie y Jack visitaran el Titanic. Al principio, pensé que la historia en sí era demasiado triste. Sin embargo, como las cartas seguían llegando, comencé a pensar en la idea, muy en serio, como tomo todas las sugerencias de mis amigos lectores. De inmediato, me puse a pensar en una manera viable para que Annie y Jack pudieran brindar ayuda en medio de semejante tragedia. Comenté mis ideas a varios niños y también a mis sobrinos, Peter y Andrew. Finalmente, decidí poner en marcha el proyecto y fue así como nació esta historia.

Ahora estoy muy feliz de haberlo hecho. Mientras buscaba información acerca de la verdadera historia del Titanic, aprendí mucho sobre la dignidad humana y el coraje ante una situación de desastre. Quiero agradecer a todos mis lectores por sus cartas y a los que levantaron la mano en asambleas escolares o me enviaron correos electrónicos para decirme: —¡Por favor, escribe un libro de la colección que hable sobre el Titanic! Éste es para ustedes.

Les desea lo mejor,

Mary Pope Osborne

Esta noche en el *Titanic*

Mary Pope Osborne

Ilustrado por Sal Murdocca

Traducido por Marcela Brovelli

LECTORUM
PUBLICATIONS INC

Para Bailey, el terrier mágico de mi vida.

ESTA NOCHE EN EL *TITANIC*

Spanish translation © 2008 by Lectorum Publications, Inc.
Originally published in English under the title
TONIGHT ON THE TITANIC
Text copyright © 1999 by Mary Pope Osborne
Illustrations copyright © 1999 by Sal Murdocca

This translation published by arrangement with Random House Children's Books,
a division of Random House, Inc.

MAGIC TREE HOUSE ®
is a registered trademark of Mary Pope Osborne, used under license.

ISBN 978-1-933032-47-4

Printed in the U.S.A.

10 9 8 7 6 5 4 3 2

Library of Congress Cataloging-in-Publication Data

Osborne, Mary Pope.
[Tonight on the Titanic. Spanish]
Esta noche en el Titanic / por Mary Pope Osborne ; ilustrado por Sal Murdocca.
    p. cm. -- (Casa del árbol #17)
Summary: The magic tree house transports Jack and Annie to the deck of the Titanic to find the mysterious gift that will free a small dog from a magic spell.
ISBN 978-1-933032-47-4 (pbk.)
1. Titanic (Steamship)--Juvenile fiction. [1. Titanic (Steamship)--Fiction. 2. Shipwrecks--Fiction. 3. Survival--Fiction. 4. Time travel--Fiction. 5. Magic--Fiction. 6. Spanish language materials.] I. Murdocca, Sal, ill. II. Title.
PZ73.O7553 2008
[Fic]--dc22

                                                                            2008015321

ÍNDICE

Esta noche en el Titanic

Prólogo

Un día en el bosque de Frog Creek, Pensilvania, apareció una misteriosa casa en la copa de un árbol.

Jack, un niño de ocho años y su hermana Annie, de siete, treparon hasta la pequeña casa de madera. Al entrar, ambos advirtieron que ésta se encontraba repleta de libros.

Muy pronto, Annie y Jack descubrieron que la casa era mágica. En ella podían viajar a cualquier lugar. Sólo tenían que señalar un sitio en uno de los libros y pedir el deseo de llegar hasta allí.

Con el tiempo, Annie y Jack conocieron a la dueña de la casa del árbol. Su nombre es Morgana le Fay. Ella es una bibliotecaria mágica de la época del Rey Arturo y viaja a través del tiempo y del espacio en busca de más y más libros.

En los números 5 al 8 de esta colección, Annie y Jack ayudan a Morgana a liberarse de un hechizo. En los volúmenes 9 al 12, resuleven cuatro antiguos acertijos y se convierten en Maestros Bibliotecarios.

Y en los libros 13 al 16, ambos deben rescatar cuatro relatos antiguos que corrían peligro de perderse para siempre.

En los números 17 al 20, Annie y Jack deben recibir cuatro obsequios especiales para ayudar a liberar a un misterioso perro de un hechizo.

1

Una nueva misión

Jack abrió los ojos.

Era una noche tormentosa. Las enormes gotas pegaban con fuerza sobre el vidrio de su ventana.

—¿Oyes lo que dice la lluvia? —preguntó una voz.

Jack encendió la lámpara.

Annie estaba parada en la puerta de la habitación de su hermano. Tenía puesta la capa de lluvia encima del pijama y en la mano llevaba una linterna.

—Dice… *"¡Vengan ahora!"* —explicó.

—Estás loca —dijo Jack.

—Cállate y trata de escuchar —comentó Annie.

Jack se quedó en silencio.

Parecía *de veras* que la lluvia al golpear sobre el vidrio les decía: "*¡Vengan ahora! ¡Vengan ahora!*"

—*Tenemos* que ir a la casa del árbol —dijo Annie—. Algo importante está por suceder.

—¿Ahora? —preguntó Jack.

No quería abandonar su tibia y confortable habitación. Sin embargo tenía el presentimiento de que lo que decía su hermana era cierto. Algo importante *iba* a suceder.

—¿Vas a venir? —preguntó Annie.

—Sí. Sí —contestó Jack.

Y se levantó de la cama.

—Sólo ponte la capa de lluvia —sugirió Annie.

Rápidamente, y sin quitarse el pijama, Jack se puso la capa impermeable. Luego agarró las zapatillas deportivas y se llevó la mochila.

—No olvides tu tarjeta de Maestro Biblio-tecario —agregó Annie—. Yo ya tengo la mía.

Jack colocó su tarjeta con las iniciales escritas en dorado, *MB*, dentro de su mochila.

—Ya estoy listo —dijo.

Los dos bajaron por la escalera en silencio. Luego, abrieron la puerta de entrada y se internaron en la noche fría y húmeda.

La tormenta había aminorado. Ahora, la lluvia caía suavemente mientras ellos corrían por la calle. El resplandor de la linterna hacía brillar el pavimento mojado.

Ambos se dirigieron hacia el bosque de Frog Creek. El viento azotaba los árboles y las gotas de lluvia caían sobre el suelo.

Jack sintió un escalofrío. Luego secó las gotas de lluvia de sus lentes.

—¡Uy! ¡Qué frío! —exclamó Annie.

—Sí. Yo también tengo frío —agregó Jack.

Mientras caminaban, Annie alumbraba el camino por entre los árboles.

—¡Ahí está! —exclamó. El destello de la linterna había dado con la casa del árbol.

—¡Morgana! —gritó Jack.

Nadie respondió.

—¿Qué sucede? —preguntó Annie—. Estaba segura de que ella estaría aquí.

—Subamos para ver qué pasa —sugirió Jack.

Annie se agarró de la escalera de soga y comenzó a trepar por ella.

Jack la seguía unos escalones más abajo. Las gotas de lluvia caían sobre su impermeable.

Luego, los dos entraron en la casa del árbol. Annie iluminó cada rincón con la linterna. Los tres primeros estaban vacíos.

De pronto, el destello de luz iluminó el cuarto rincón. Annie y Jack se quedaron boquiabiertos ante la sorpresa.

Justo en el rincón, vieron un pequeño perro sentado en el suelo. Al parecer, era un cachorro de raza terrier. Tenía el pelaje de color marrón claro, todo enmarañado. Y con ojos tristes observaba a Annie y Jack.

—¡Uh! —susurró Annie.

—Y tú, ¿de dónde has venido? —preguntó Jack.

Annie acarició la cabeza del animal. Él empezó a mover la cola.

—Es tan bonito —dijo—. Parece un osito de peluche. ¡Hola, Teddy!

"Teddy es un buen nombre para él", pensó Jack.

—¿De dónde vienes, Teddy? —preguntó.

El cachorro gimoteó.

—No te pongas triste —dijo Annie.

—¿Cómo habrá llegado hasta aquí? —preguntó Jack.

—No lo sé. Pero estoy segura de que Morgana tiene algo que ver en todo esto —respondió Annie.

De pronto, los ojos de Jack se posaron sobre un trozo de papel que estaba en el suelo.

—Creo que tienes razón, Annie —comentó.

Jack recogió el papel. Tenía un mensaje escrito con una letra elaborada que ponía lo siguiente:

Este pequeño perro está bajo un hechizo y necesita que ustedes lo ayuden. Para liberarlo, deben recibir cuatro objetos especiales:

Un regalo de un barco perdido en alta mar

Un regalo de la llanura azul

Un regalo de un bosque lejano

Un regalo de un canguro

Actúen con valentía y sabiduría. Y tengan mucho cuidado.

Morgana

P.D.: Sus tarjetas de Maestros Bibliotecarios no serán útiles para esta misión. Sólo sean ustedes mismos y todo saldrá bien.

—¿Bajo qué clase de hechizo estará Teddy, Jack? —Annie quiso saber.

—¿Quién sabe? —respondió su hermano.

—Pobrecito —dijo Annie. Le acarició la cabeza y el cachorro le lamió la mano.

—Parece que tendremos que hacer cuatro viajes —comentó Jack.

De pronto, Teddy corrió hasta un libro y empezó a empujarlo con el hocico.

—¡Mira! —dijo Annie—. Te apuesto que *ese libro* nos llevará a nuestro primer viaje.

Ella tomó el libro que el cachorro había elegido.

—Buen trabajo, Teddy —dijo.

El título del libro era *El barco insumergible.*

—Bueno, al menos eso es bueno —agregó Jack—. Ya sabemos que el barco no se hundirá, aunque se *pierda…*

—¿Estás listo, Teddy? —preguntó Annie.

—¡Guau! ¡Guau! —respondió el cachorro.

Jack señaló la tapa del libro.

—Queremos ir a este lugar —exclamó.

De pronto, el viento comenzó a soplar.

La casa del árbol comenzó a girar.

Más y más rápido cada vez.

Después, todo quedó en silencio.

Un silencio absoluto.

2

El barco insumergible

—¡Guau! ¿¡Guau!?

Jack abrió los ojos. Su cuerpo se estremeció. Dondequiera que estuvieran, hacía frío, *mucho* frío.

Teddy ladró una vez más.

—¡Ssshhh! —exclamó Jack.

Annie iluminó su ropa con la linterna.

—¡Mira, Jack! Estamos vestidos como niños de antaño.

En vez de pijama e impermeable, Annie tenía puesto un vestido marinero y una larga capa de lana.

Jack llevaba puesto un sobretodo, unos pantalones que le llegaban a las rodillas y un par de medias largas. Su mochila ahora era de cuero. También tenía puesta una camisa y una corbata.

—¿Dónde estamos? —se preguntó en voz alta.

Annie y Jack miraron por la ventana.

En el cielo sin luna brillaban mil estrellas.

Soplaba una brisa suave y se oía el sonido de las olas del mar.

La casa del árbol parecía descansar sobre una cubierta de madera, en el medio de dos columnas gigantes.

Jack miró hacia arriba y vio que de éstas salía humo.

—Creo que aterrizamos sobre el barco, en medio de las chimeneas —comentó.

Luego, miró hacia delante y divisó una especie de caja ubicada en lo alto, cerca de la proa del barco.

—Ése debe de ser el puesto vigía —dijo.

Jack volvió a entrar en la casa del árbol y abrió el libro. Annie le dio la linterna.

—Tengo que averiguar dónde estamos —dijo.

De pronto, encontró la foto de un enorme transatlántico y enfocó la linterna para leer lo que decía:

El 14 de abril de 1912, muy tarde por la noche, un transatlántico de origen inglés realizaba su primer viaje a través del océano Atlántico. Se dirigía hacia la ciudad de Nueva York. Llevaba 2.200 pasajeros y medía cuatro cuadras de largo. La mayoría de la gente creía que el barco era insumergible.

—¡Uy! Estamos en el año 1912 —dijo Jack. Tomó su cuaderno y escribió lo siguiente:

14 de abril de 1912

—¡Este barco es enorme! —comentó Annie—. ¿Cómo haremos para encontrar el regalo que liberará a Teddy del hechizo?

16

—No puedes ponerte a buscar un regalo —dijo Jack—. Tienes que esperar que alguien te lo entregue.

—Tienes razón —respondió Annie con un suspiro—. Bueno, creo que sólo tenemos que tratar de ser nosotros mismos, como nos dijo Morgana. Tal vez así tengamos suerte.

—Esto es difícil —agregó Jack.

El cachorro lloriqueó.

—No te preocupes, Teddy —dijo Annie—. Te liberaremos de tu hechizo.

Justo en ese momento, se oyó un grito proveniente del puesto de vigía: "¡ICEBERG A LA VISTA!".

Annie y Jack volvieron a la ventana justo a tiempo para avistar un enorme iceberg que se asomaba en el océano.

El témpano gigante era de color oscuro, con un borde blanco en la parte superior. ¡Y estaba justo en frente del barco!

De repente, Jack sintió que algo lo sacudía. Luego oyó un fuerte chirrido. El barco rozaba la montaña de hielo.

—¡Guau! ¡Guau! —ladró Teddy.

—¡Shhhh! No tengas miedo —dijo Annie. Y tomó al perro en sus brazos para acariciarlo.

De pronto, el chirrido se detuvo. El iceberg quedó atrás hasta que se hizo más y más pequeño.

Luego, la noche volvió a ser tranquila.

—¿Ves, Teddy? Sólo fue un pequeño golpe. Este barco es insumergible —dijo Annie.

Pero Jack estaba preocupado.

—Espera, tengo que seguir leyendo —dijo.

—Lee después, Jack. Es hora de ir a buscar el regalo. Vamos, Teddy.

Annie tomó al cachorro y la linterna. Y salió por la ventana de la casa del árbol.

—¡Eh, no te lleves la linterna! —dijo Jack.

Pero Annie ya se había ido.

—¡Annie! —gritó Jack.

—¡Oh, oh! —se oyó a lo lejos.

Annie asomó la cabeza por la ventana de la casa del árbol.

—Malas noticias, Jack. Creo que tienes que ver esto.

Jack guardó sus cosas en la mochila y salió de la casa del árbol.

Annie estaba de pie en la cubierta del barco con el cachorro en los brazos.

Sin decir una palabra, iluminó un salvavidas que colgaba de la baranda.

Éste tenía unas enormes letras negras que decían:

R.M.S. TITANIC

3

SOS

Jack se quedó mirando el nombre del barco.

—Tú sabes lo que le sucedió al *Titanic*, ¿no? —preguntó Jack con voz suave.

Annie asintió con la cabeza.

—Chocó con un iceberg y se hundió —respondió—. Pero hay algo que no entiendo. Yo pensaba que este barco era insumergible.

—Eso mismo pensaba la gente cuando el barco fue construido. Pero estaban equivocados —explicó Jack.

De pronto, de las chimeneas del barco comenzó a salir humo. Luego, los motores se apagaron. Y el *Titanic* se detuvo.

—Es mejor que volvamos a casa —dijo Jack—. No hay nada que podamos hacer. Tendremos que encontrar otro barco perdido, uno más seguro.

—¡No! Tenemos que quedarnos para ayudar. Después podremos escapar en la casa del árbol cuando lo deseemos —agregó Annie.

—¿Pero qué podemos hacer? —preguntó Jack—. Este barco se va a hundir pase lo que pase. No podemos cambiar la historia y tampoco podemos llevar a nadie con nosotros.

—Sí. Pero debe haber alguna manera en la que podamos ayudar —dijo Annie.

—¿Y cómo? —preguntó Jack.

—No lo sé —respondió Annie—. Vamos a averiguarlo. Tomó a Teddy en los brazos, bajó por una escalera pequeña y desapareció.

Jack la siguió hacia un piso más abajo.

Annie colocó a Teddy sobre el suelo de la cubierta. El pequeño cachorro olfateó los trozos de hielo que se habían desprendido del iceberg.

De repente, el barco parecía estar abandonado.

—¿Dónde están todos? —preguntó Annie.

—¿Estarán durmiendo? —preguntó Jack—. Tal vez ni siquiera saben que el barco chocó con algo.

Annie y Jack avanzaron hacia la proa del *Titanic*.

—Vamos, Teddy —dijo Annie.

El cachorro corrió detrás de Jack y su hermana.

A medida que caminaban, Jack miraba por las ventanas circulares de las habitaciones que pasaban.

En una de ellas había bicicletas fijas y máquinas de remo. En otra había palmeras, sillas de caña de bambú y varias mesas. Luego, pasaron por una biblioteca repleta de libros.

—Este barco es casi tan grande como una ciudad —comentó Jack.

Cerca del final de la cubierta, ambos espiaron por otra ventana redonda. En el interior de una pequeña cabina estaba un hombre con un par de auriculares puestos.

Jack oyó el sonido de varios golpecitos que el hombre daba sobre una diminuta palanca ubicada sobre una caja negra.

—¿Qué hace? —preguntó Annie en voz muy baja.

Jack se encogió de hombros.

Junto a aquel hombre había otro. Éste último tenía una barba blanca y llevaba puesto un uniforme muy elegante.

—¡Pide ayuda internacional urgente! —ordenó el hombre de barba blanca al hombre de los auriculares—. ¡Que todos los barcos cercanos vengan hacia acá de inmediato! ¡Nos hundimos!

—¡Sí, mi capitán! —dijo el hombre.

—¡Genial! Ya están pidiendo ayuda —susurró Annie.

Jack sacudió la cabeza: —No creo que llegue ninguna ayuda —dijo.

Luego, iluminó el libro con la linterna y encontró un dibujo en el que se veía a un hombre comunicándose por radio.

Con calma, Jack le leyó a su hermana lo que decía el dibujo:

Después de que el *Titanic* chocó con el iceberg a las 11:40 PM, el hombre encargado de operar la radio envió un SOS. Este sistema universal consiste en enviar señales de socorro en código Morse. Desgraciadamente, el único barco cercano al *Titanic* había apagado la radio hasta el día siguiente. Todos los otros barcos que recibieron el mensaje de auxilio estaban demasiado lejos para poder socorrerlo. Cuando el *Titanic* se hundió, aproximadamente a las 2:20 de la madrugada, no había ningún barco en la cercanía.

—Eso es terrible —exclamó Annie.

—¿Qué hora es ahora? —preguntó Jack.

—No tengo idea —respondió Annie.

Jack sacó su cuaderno y escribió lo siguiente:

SOS enviado
El Titanic se hunde a las 2:20 de la madrugada

—Mira, el hombre de la barba se va —susurró Annie.

—¡Escondámonos! —sugirió Jack en voz muy baja, avanzando rápidamente por entre las sombras.

El capitán salió a cubierta.

—¡Díganle a los hombres que comiencen a bajar los botes salvavidas! —ordenó el capitán al encargado de cubierta.

—¡Sí, capitán! —contestó el hombre.

Luego, el capitán y el encargado de cubierta se marcharon. Annie miró a su hermano.

—Al menos eso es alentador. Todos podrán subirse a los botes salvavidas —comentó.

—No creo que sea una solución —aclaró Jack.

Y se puso a leer nuevamente:

El *Titanic* contaba con 20 botes salvavidas. Para salvar a todos los pasajeros se necesitaba el doble de botes. Pero con la gran confusión reinante, varios botes fueron colocados en alta mar con menos pasajeros de los que podían llevar. Muchos de los pasajeros de tercera clase no tuvieron oportunidad de salvarse porque se encontraban en los camarotes inferiores y no sabían por dónde salir para llegar a cubierta.

Jack anotó en su cuaderno:

Sólo tenían la mitad de los botes salvavidas necesarios para todos los pasajeros

—¡Ya sé qué podemos hacer para ayudar! —irrumpió Annie.

—¿Qué? —preguntó Jack.

—Podemos ayudar a la gente a encontrar los botes salvavidas —explicó Annie.

—¡Tienes razón! —dijo Jack—. En el libro encontraremos el camino para llegar a los camarotes inferiores.

Dio vuelta a la página y encontró un mapa del barco. Ambos se pusieron a examinarlo.

—Partiremos por la gran escalera central —sugirió Jack, mientras trazaba el recorrido con el dedo—. Después bajaremos a los camarotes de tercera clase por este camino.

—¡Buen plan! —dijo Annie.

Jack volvió a mirar a través de la puerta. El operador de radio continuaba enviando el mensaje una y otra vez.

—SOS —susurró Annie.

Jack respiró hondo.

—Ok, vamos a ayudar —dijo Jack.

4

¡Pónganse los chalecos salvavidas!

Annie y Jack atravesaron una puerta y se alejaron de la cubierta donde estaban los botes salvavidas. Teddy los seguía casi pegado a sus talones.

—¡Uf! —exclamó Annie.

—¡Guau! ¡Guau! —ladró Teddy.

De pronto, los tres aparecieron en la parte superior de la desolada escalera central. Era hermosa. Estaba realizada en fina madera labrada, de color oscuro. En lo alto había un enorme domo lleno de luces.

En la pared del descanso de la escalera colgaba un lujoso reloj.

Las agujas marcaban las 12:20 AM.

—¡Uy, cielos! ¡Ya pasaron veinte minutos de la medianoche! —comentó Jack—. ¡Este barco se va a hundir en dos horas!

Los tres descendieron por los escalones alfombrados y entraron al corredor de primera clase. Teddy los seguía un poco más atrás.

Jack examinó el mapa del libro.

—Estos son los camarotes de primera clase —dijo Jack—. Este pasillo nos llevará a la cubierta de tercera clase.

—¡Mira, Jack! ¡El piso se está inclinando hacia abajo!

Jack se quedó sin habla. Su hermana tenía razón.

—Esto quiere decir que la proa del barco ha comenzado a hundirse —explicó él.

Justo en ese momento, un hombre de uniforme blanco bajó por el vestíbulo, y empezó a golpear las puertas.

—¡Pónganse los chalecos salvavidas y salgan inmediatamente a la cubierta! —insistió en voz alta el hombre de uniforme.

Hombres y mujeres comenzaron a salir a tropezones de los camarotes. Muchos de ellos llevaban puesto elegantes abrigos de terciopelo.

—¿Qué sucede? —preguntó una mujer.

—Hubo un pequeño accidente —explicó el hombre de uniforme con tono despreocupado.

—Ah, qué tontería —agregó la mujer.

—¡No es una tontería, señora! ¡Haga lo que le dicen! —insistió Annie.

—¡Guau! ¡Guau! —Teddy ladró, como si estuviera de acuerdo con Annie.

—Shhhhhhh, Teddy —irrumpió Jack.

Tomó al cachorro en los brazos y, junto con su hermana, descendió por el corredor. Luego cruzaron la cubierta de tercera clase, donde había más gente.

Éstos no llevaban ropa elegante. Casi todos estaban abrigados con chaquetas y sobretodos muy sencillos, de color oscuro. Sonreían despreocupados.

Annie y Jack avanzaron por entre la gente y entraron en una habitación muy grande, llena de humo.

Allí había cuatro hombres jugando a las barajas.

Una mujer tocaba el piano. Y una pareja de jóvenes bailaba al ritmo de la música.

—¡Pónganse los chalecos salvavidas y suban a cubierta! —gritó Annie.

Sorprendidos, todos se quedaron observando a Annie. Los jugadores la miraron sonrientes.

Annie abrió la boca para gritarles pero Jack sacó a su hermana de la habitación.

—¡Vamos! ¡Tenemos que bajar a los camarotes de tercera clase antes de que sea demasiado tarde! —dijo.

Ambos bajaron rápidamente por otro corredor. Luego, siguieron por otra escalera. Jack llevaba a Teddy en brazos todo el camino.

Al pie de las escaleras, doblaron por una pequeña esquina y se quedaron sin habla ante la sorpresa.

El piso *realmente* se había inclinado del todo hacia abajo y en el extremo del corredor se acumulaba el agua.

—El *Titanic* se está hundiendo —dijo Jack.

—¡Pero nadie entiende! —agregó Annie.

—Ya lo sé —contestó Jack, muy triste.

Teddy gimoteó. Jack hundió el rostro en el pelaje del cachorro.

—¡Vamos! —dijo Annie.

Y comenzó a golpear las puertas de los

camarotes con todas sus fuerzas. Éstas se abrieron pero no había nadie adentro.

—La gente de este corredor debe de ser la que estaba en la antesala de arriba —dijo Jack—. Tal vez tengamos que bajar un piso más.

Jack empezó a caminar hacia las escaleras, pero Teddy se puso a ladrar con furia.

—¿Qué le sucede? —preguntó Jack.

—No lo sé —contestó Annie.

De pronto, Teddy se escapó de un salto de los brazos de Jack y corrió rápidamente por el corredor.

¡Iba corriendo justo hacia el agua!

—¡Cuidado! —gritó Jack.

Annie y él corrieron detrás del cachorro.

Luego, Teddy se detuvo y empezó a ladrar frente a una puerta cerrada.

La puerta se abrió y vieron a un niño muy pequeño que los miraba tímidamente.

5

William y Lucy

El niño llevaba puesto una camiseta de dormir. Era pelirrojo y tenía el rostro salpicado de pecas. Tenía alrededor de cuatro años.

Semidormido, se frotó los ojos con los puños y luego vio al pequeño Teddy.

—¡Hola! —dijo con una enorme sonrisa.

Estiró los brazos para abrazarse a su cuello y Teddy le lamió el rostro.

—Vuelve a la cama, William —dijo una voz desde el interior de la habitación.

—¡Salgan! ¡Es una emergencia! —gritó Annie.

Un momento después, la puerta se abrió un poco más. Y se asomó una niña rubia vestida con un camisón de color blanco.

También tenía pecas y el cabello colorado. Era alta y delgada y tenía aproximadamente doce o trece años.

—¡Hola! —dijo y colocó una mano sobre el hombro del pequeño—. Soy Lucy O'Malley. Este es William, mi hermano.

—Yo soy Annie. Y este es mi hermano Jack —dijo Annie.

—Vayan a buscar a sus padres y díganles que vengan con nosotros —agregó Jack.

Lucy parecía confundida.

—Nuestros padres no están aquí. Nos están esperando en Nueva York —explicó.

—Escuchen, el *Titanic* chocó con un iceberg. Nosotros los llevaremos hasta los botes salvavidas —dijo Annie.

—¿Qué quieres decir? —preguntó Lucy.

—El barco se está hundiendo. ¡Mira…! —Annie señaló el extremo del corredor donde se había acumulado un montón de agua.

—¡Uy, no! —exclamó Lucy, aterrada.

—No tengan miedo. Vayan a buscar sus abrigos y chalecos salvavidas. No queda mucho tiempo —explicó Jack.

Lucy inclinó la cabeza en señal de aprobación y entró en la habitación en busca de sus cosas.

Luego se puso el abrigo y el chaleco salvavidas. Annie ayudó a William a hacer lo mismo.

—Vamos, de prisa —dijo Jack.

—Espera, ¿puedes llevar a Teddy en tu mochila? —le preguntó Annie.

—Prueba —contestó Jack.

Annie deslizó al cachorro dentro de la mochila de su hermano. A Teddy sólo se le veían las patas delanteras y la cabeza.

—Quédate ahí, cariño —dijo Annie y besó a Teddy en el hocico.

A Jack, la mochila le pesaba lo mismo que antes. El cachorro era más liviano que una pluma.

—¡Esperen, me olvidé de algo! —dijo Lucy.

—¡Ya no hay tiempo! —agregó Jack.

Pero Lucy entró como un rayo en la habitación.

—¡Apúrate! —insistió Annie.

Cuando Lucy regresó, Jack notó que se guardaba algo en el bolsillo del abrigo.

Luego, tomó a su hermano William de la mano.

—¿Están listos? —preguntó Jack.

De pronto, sintió agua muy fría debajo de los zapatos.

Jack miró hacia abajo. El agua del mar avanzaba lentamente por el corredor.

—¡Guau, guau! —ladró Teddy desde la mochila de Jack.

—¡Corran! —gritó Annie.

6

¡Mujeres y niños primero!

Annie condujo a todos por el pasillo hacia las escaleras. Atrás quedó el agua fría del mar.

Mientras Lucy y ella ayudaban al pequeño William a subir por las escaleras, Jack y Teddy las seguían unos pasos atrás.

A mitad de la escalera, Teddy dejó escapar un ladrido.

Jack miró hacia atrás.

El agua había comenzado a subir por la escalera, escalón por escalón.

—¡Apúrate, Jack! —gritó Annie.

Jack subió corriendo los escalones que faltaban.

Annie y él condujeron a Lucy y a William a través del salón de fumadores. Los hombres todavía jugaban a las cartas.

—¡A los botes salvavidas! —gritó Annie—. ¡Ahora, vamos!

Los hombres se rieron otra vez.

—Oye, pequeña, si es verdad lo que dices, este barco tardaría toda la noche en hundirse. Hay tiempo de sobra para que nos rescaten a todos —dijo uno de los hombres.

—Sí. Muchos barcos vienen hacia aquí. No hay por qué preocuparse —agregó otro de los hombres.

—¡Pero no es así! —dijo Annie.

Lucy miró a Jack:

—Esto no es tan grave, después de todo —dijo ella.

44

—¡*Es* grave! ¡Por favor, confíen en mí! —insistió Jack—. Debemos continuar nuestro camino.

Cuando salieron, la cubierta de tercera clase estaba repleta de gente.

Muchos llevaban los chalecos salvavidas. Pero ninguno se veía muy preocupado.

Annie y Jack avanzaron con Lucy y William. Juntos, se apresuraron para atravesar el gentío y llegar al pasillo de primera clase. Cuando llegaron al final de éste subieron por la gran escalera central.

La cubierta superior del *Titanic* se veía brillante como un gran árbol de Navidad.

Allí, una banda de músicos tocaba una alegre melodía.

De repente, se oyó un gran *bum* y se vio un haz de luz; un cohete había sido lanzado al cielo. Luego, éste estalló en cientos de bolas de colores.

Temblando de frío, William rió y aplaudió el espectáculo.

—¡Fuegos artificiales! —gritó.

Lucy miró a Annie y Jack con una sonrisa en los labios.

—Ustedes nos quisieron hacer una broma, ¿no es así? Nos han traído a una fiesta —agregó Lucy.

—No. No es así. ¿Ya te olvidaste del agua que
viste en el pasillo? —preguntó Jack.

La sonrisa se borró del rostro de Lucy.

—¡Mujeres y niños primero! —alguien gritó.

—¡Vamos, ustedes deben bajar! —dijo Annie.

Y empujó a Lucy y a William hacia un bote
salvavidas.

7

El regalo

El bote salvavidas estaba listo para ser puesto en alta mar. Se veía muy pequeño mientras se mecía colgando de las sogas, a un costado del gran barco. Más abajo, el agua parecía de color negro.

—¡Suban! ¡Suban! —gritaba un hombre de uniforme.

—No. No —dijo William. Y hundió el rostro en el abrigo de su hermana.

Lucy sacudía la cabeza sin parar.

—Quisiera quedarme aquí —les dijo a Annie y Jack.

Jack comprendió al instante. El *Titanic*, tan iluminado, se veía tan sólido y seguro comparado con el pequeño bote salvavidas.

—*No pueden* quedarse aquí. El *Titanic* se hundirá pronto —explicó Annie.

—*Muy* pronto —insistió Jack.

Lucy continuó sacudiendo la cabeza. Jack vio que tenía los ojos llenos de lágrimas.

—Es verdad, Lucy. Tú y tu hermano corren serio peligro —dijo Jack.

—Tienes que ser valiente. Tienes que serlo por tu hermano —agregó Annie.

Lucy se irguió y trató de sonreír.

—Está bien. Lo haré —dijo.

—¡Por aquí! ¡Mujeres y niños! ¡Eh, ustedes cuatro, por aquí! —gritó un hombre, mientras señalaba a Annie, a Jack y a sus amigos.

—¡Vamos, suban! —dijo Jack, y les dio un pequeño empujoncito a William y a su hermana.

—¡Adiós, Lucy! ¡Adiós, William! —dijo Annie.

Lucy los miró sorprendida.

—¿No vienen ustedes? —preguntó.

—No. Nosotros regresaremos a casa por otro camino —explicó Annie.

—¡Uy! ¡Espero que estén a salvo! —dijo Lucy.

—Lo estaremos. No se preocupen —agregó Jack.

—Esperen —dijo Lucy.

Buscó en el bolsillo y sacó un reloj de plata con una cadena.

—Este regalo es para ustedes —comentó—. Es el reloj de nuestro padre. Lo hemos traído en el viaje como amuleto de buena suerte. Esta noche ustedes dos han sido nuestro amuleto.

Jack observó el reloj mientras Lucy se lo colgaba a Annie del cuello.

Las agujas del reloj marcaban la 1:50 AM.

¡Sólo quedaban treinta minutos!

—¡Debemos *apurarnos*! —dijo Jack.

Annie y su hermano se quedaron mirando a un hombre corpulento mientras éste alzaba a Lucy y la colocaba en el bote. Luego tomó al pequeño William y lo sentó en las rodillas de su hermana.

—¡Adiós! —exclamó Annie. Y dio un paso adelante para tirarles un beso.

Justo en ese momento, el hombre tomó a Annie en sus brazos.

—¡No! —gritó ella.

—Sube al bote, cariño —insistió el hombre. Y colocó a Annie en el bote salvavidas.

—¡No! ¡No, por favor! —gritó Jack.

Luego, el hombre se inclinó para subir a Jack pero él se escapó justo a tiempo.

—¡Annie! —gritó—. ¡Sal del bote!

Annie trató de treparse para saltar del bote.

—¡Déjenme salir! —gritó.

—¡Guau! ¡Guau! —ladró Teddy por encima del hombro de Jack.

El bote salvavidas se sacudió y comenzó a crujir a medida que descendía hacia el agua, oscura y fría.

—¡Regresen! —gritó Jack.

Pero no podía hacer nada. Había perdido de vista a su hermana.

8

Sálvese quien pueda

—¡Annie! —gritó Jack.

—¡Déjenme salir! —gritó Annie.

Su hermano logró oírla, pero el bote salvavidas no se detuvo.

—¡Espérenme! ¡Espérenme! —alguien dijo en voz alta.

De pronto, junto a la baranda, apareció una mujer vestida con un abrigo de piel. Desesperada, se abalanzó sobre el costado del barco.

—¡Deténgase! —dijo el hombre de uniforme, en voz alta—. ¡Regresen el bote para que suba la señora Blackwell!

Lentamente subieron el pequeño bote salvavidas. Jack se esforzó para llegar un poco más adelante. El bote quedó pegado al costado del gran buque, y Jack pudo alcanzar a su hermana.

Annie se sujetó de la mano de su hermano y éste la aferró con fuerza para que pudiera subir al *Titanic*.

—¡Hay espacio para uno más! —le dijo Annie a la señora Blackwell.

Luego, ambos hermanos huyeron rápidamente para que nadie pudiera atraparlos.

Mientras corrían por la cubierta inclinada, Annie se detuvo para observar por encima de la baranda.

Jack también se detuvo a mirar.

Ambos vieron a Lucy y al pequeño William sentados en el diminuto bote salvavidas, a punto de ser colocado en pleno océano Atlántico. Una vez que alcanzó el agua negra y vidriosa, se perdió flotando en la oscuridad.

Annie extendió la mano para despedirse de ellos.

—¡Adiós, William! ¡Adiós, Lucy! ¡Gracias por el regalo! —gritó Annie.

Y alzó el reloj que le colgaba del cuello. Eran las 2:05 de la madrugada.

—¡Sólo quedan 15 minutos! —dijo Annie.

—¡Tenemos que volver a la casa del árbol *ahora*! ¡Subamos por las escaleras hasta las chimeneas! —sugirió Jack.

De repente, la proa del barco comenzó a hundirse. Las sillas de cubierta se deslizaron pasando muy cerca de Annie y Jack.

La banda tocaba una melodía suave y serena, parecida a un himno religioso.

Sin embargo, la gente comenzó a entrar en pánico. Todos gritaban y se empujaban tratando de alcanzar un lugar más seguro.

—¡Sálvese quien pueda! —le gritó el capitán a sus tripulantes.

Cada uno de ellos abandonó su tarea y se apresuró a subir a cubierta.

Annie y Jack también empezaron a correr.

Avanzaron esquivando las mesas y las sillas que se deslizaban a su paso.

Por fin llegaron a la escalera que conducía a las chimeneas.

Annie y Jack se agarraron de la baranda y subieron los escalones.

El gran barco se inclinó aún más.

—¡Debemos llegar a las chimeneas! —dijo Jack con voz quejumbrosa.

Ambos se deslizaron y gatearon por la cubierta en declive.

Pero cuando llegaron a las chimeneas se quedaron mirando a su alrededor con sorpresa.

¡La casa del árbol había desaparecido!

9

El tiempo se detiene

—¿Dónde está? —preguntó Annie en voz alta.

La proa del *Titanic* se hundió aún más en el mar. Annie y Jack cayeron hacia adelante.

Se agarraron de la baranda del barco con fuerza.

—¡¿Y si la casa del árbol se cayó al mar?! —gritó Jack.

En ese instante, comenzó a oírse un gran estruendo proveniente del centro del barco.

Jack imaginó cada objeto del *Titanic* rompiéndose en pedazos: muebles, platos, máquinas para ejercicios, el gran reloj de la escalera.

Miró hacia abajo y vio una ola gigante rodando por una cubierta inferior.

Jack pensó en el corredor de tercera clase, la sala de juegos, la gran escalera central, seguramente todo cubierto por el agua.

Cerró los ojos y esperó a ser arrastrado por el agua.

—¡Guau! ¡Guau!

El ladrido se oyó desde más lejos.

—¡Teddy! —gritó Annie.

Jack se había olvidado por completo del pequeño cachorro.

Con una mano, se agarró con fuerza de la baranda y con la otra se quitó la mochila.

¡Teddy ya no estaba allí!

Los ladridos se oyeron con más intensidad.

—¿Dónde está Teddy? —preguntó Jack, con voz triste.

—¡Nos está llamando! —gritó Annie.

—¡No podemos ir a buscarlo! ¡Nos caeríamos al mar! —gritó Jack.

Teddy siguió ladrando cada vez más fuerte.

—¡Ahora está más cerca! —dijo Annie.

Se agarró con fuerza de la baranda y descendió muy despacio por la empinada cubierta.

—¡Annie! —se quejó Jack.

De repente, las luces del *Titanic* se apagaron. Todo quedó completamente a oscuras.

Jack ni siquiera podía ver a su hermana.

—¡Annie! —gritó.

Y también comenzó a descender por la cubierta.

Pero el buque volvió a inclinarse y Jack resbaló y se cayó.

Rodó muy rápido hasta chocar con una chimenea.

—¡Jack! ¡Aquí! ¡Aquí! —llamó Annie.

Teddy seguía ladrando.

La popa del *Titanic* había comenzado a emerger del océano. Y la proa empezaba a sumergirse.

Jack trató de avanzar rodeando la chimenea sin caerse.

En la oscuridad, casi no podía ver la casa del árbol. Ésta se encontraba justo entre una de las chimeneas y la baranda, inclinada hacia un costado.

Annie y Teddy lo miraban desde la ventana.

—¡El ladrido de Teddy me trajo hasta aquí! ¡Apúrate, Jack! —dijo Annie.

Jack gateó por la superficie de la chimenea.

Estiró la mano, Annie la tomó y tiró hacia ella para ayudar a entrar a su hermano.

Al verlo, Teddy le lamió el rostro.

—¡Deseamos volver a casa ahora! —dijo Annie en voz alta mientras señalaba el libro de Pensilvania.

Luego, Jack oyó un fuerte *¡C-R-A-A-A-C!*

El viento comenzó a soplar.

La casa del árbol comenzó a girar.

Más y más rápido cada vez.

Después, todo quedó en silencio.

Un silencio absoluto.

10

Por arte de magia

—¡Uy, cielos! —susurró Jack.

Estaba acostado en el piso de la casa del árbol. Tenía puesta la capa de lluvia y debajo, el pijama.

—¿Estás bien? —preguntó Annie.

—Sí. ¿Y tú? —preguntó Jack.

—Mi corazón late muy fuerte —agregó Annie.

—El mío también —comentó Jack.

Y pensó en el Titanic hundiéndose en el océano negro y frío. Los ojos se le llenaron de lágrimas.

—Fue terrible —agregó.

Annie bajó la vista en señal de afirmación. Jack vio lágrimas en los ojos de su hermana.

Teddy lamió el rostro de Jack.

—¡Eh! ¿Cómo lograste salir de mi mochila? —preguntó Jack.

Teddy gimoteó. Annie y Jack le acariciaron la cabeza y las orejas.

—Creo que lo hizo por arte de magia —comentó Annie.

Lentamente, Jack se sentó en el piso.

—Nos salvó la vida —dijo.

—Y ahora ya tenemos el primer regalo para liberarlo del hechizo —agregó Annie.

Encendió la linterna y alumbró el reloj de bolsillo de plata que tenía colgado del cuello.

—Es el regalo de Lucy —comentó.

El reloj se había detenido. Las agujas marcaban las 2:20 de la madrugada.

Jack se quedó en silencio y soltó un suspiro.

—El barco se hundió justo a esa hora —dijo.

Annie miró a su hermano.

—Creo que a esa hora el tiempo se detuvo para el *Titanic* —agregó Annie.

Jack asintió.

Annie colocó el reloj de bolsillo sobre la nota de Morgana.

—Un regalo de un barco perdido en alta mar —murmuró.

Ambos se quedaron en silencio.

Luego Jack se quitó los lentes y se secó las lágrimas.

Annie se puso de pie y respiró profundamente.

—Estoy lista para ir a casa. Pongamos a Teddy en la mochila y llevémoslo con nosotros.

Annie recorrió la casa del árbol con la linterna.

—¿Teddy? —llamó en voz alta.

No había ninguna señal del perro.

—No está aquí —dijo.

—¿Qué dices? Recién lo estábamos acariciando —comentó Jack.

—Está haciendo otro de sus trucos de magia. Vamos a tener que irnos sin él —explicó Annie entre suspiros.

—¿Pero dónde estará? —preguntó Jack.

—No lo sé —respondió Annie—. Pero tengo el presentimiento de que lo volveremos a ver muy pronto.

Y comenzó a bajar por la escalera de soga. Jack dio una última recorrida a la casa del árbol.

—¿Teddy? —llamó.

Pero allí sólo estaba él y nadie más.

Jack se colocó la mochila sobre los hombros y descendió por la escalera de soga.

Annie lo esperaba abajo.

Sin decir una sola palabra, Jack tomó a su hermana de la mano.

La lluvia había cesado. Pero aún caían gotas de los árboles.

Arriba, las estrellas brillaban en el cielo claro.

En silencio, los dos hermanos dejaron atrás el bosque de Frog Creek. Caminaron por la calle oscura hacia su casa. Al llegar, subieron por los escalones de acceso al porche.

Antes de entrar, contemplaron una vez más la noche estrellada.

—Puede ser que el tiempo se haya detenido para el *Titanic* —dijo Jack—. Pero seguirá vivo en los libros y en la memoria de las personas, ¿no crees? Aunque fue una historia verdadera, hoy ya es como una leyenda.

—Sí —respondió Annie—. Y cada vez que alguien cuenta la historia deseamos que tenga un final diferente.

Jack asintió con la cabeza. Eso mismo deseaba él.

Con los ojos clavados en el cielo tembló al recordar el *Titanic* hundiéndose.

Sabía que Annie y él eran muy afortunados. Habían vuelto a casa.

—Buenas noches, *Titanic* —dijo con voz suave—. Adiós.

Luego él y su hermana entraron silenciosamente en la casa, siempre tan acogedora, seca y segura.

MÁS INFORMACIÓN PARA TI Y PARA JACK

1. El *Titanic* chocó con un iceberg en el Océano Atlántico norte, aproximadamente a 400 millas de la costa de Newfoundland.

2. El *Titanic* era considerado insumergible porque fue construido con enormes compuertas herméticas y ninguna pérdida de agua podía filtrarse por éstas. Sin embargo, cuando el barco chocó con el iceberg, seis compartimientos herméticos se llenaron de agua rápidamente, condenando al buque a su trágico final.

3. La señal SOS es reconocida como pedido de socorro universal por la sencillez de las tres letras en código Morse: tres puntos, tres guiones y tres puntos.

4. Nadie sabe realmente por cuánto tiempo tocó música la orquesta del *Titanic*, pero según dice la leyenda no dejó de tocar hasta que el barco se hundió y la última canción que tocó fue el himno "Más cerca, oh Dios, de ti".

5. Más de 1.500 personas perecieron en la tragedia del *Titanic* mientras que otras 705 escaparon en botes salvavidas y, eventualmente, fueron rescatadas por un buque llamado *Carpathia*.

6. Después del hundimiento del *Titanic*, se modificó la legislación para que todos los barcos tuvieran suficientes botes salvavidas para todos los pasajeros. También se creó la Patrulla Internacional del Hielo con el fin de alertar a los buques sobre las formaciones de hielo en la zona.

7. En el año 1985, el científico Dr. Robert Ballard descubrió los restos del naufragio del *Titanic*.

¿Quieres saber adónde puedes viajar en la casa del árbol?

La casa del árbol #1
Dinosaurios al atardecer

Annie y Jack descubren una casa en un árbol
y al entrar, viajan a la época de los dinosaurios.

La casa del árbol #2
El caballero del alba

Annie y Jack viajan a la época de
los caballeros medievales y exploran
un castillo con un pasadizo secreto.

La casa del árbol #3
Una momia al amanecer

Annie y Jack viajan al antiguo Egipto y se pierden dentro de una pirámide al tratar de ayudar al fantasma de una reina.

La casa del árbol #4
Piratas después del mediodía

Annie y Jack viajan al pasado y se encuentran con un grupo de piratas muy hostiles que buscan un tesoro enterrado.

La casa del árbol #5
La noche de los ninjas

Jack y Annie viajan al antiguo Japón y se
encuentran con un maestro ninja que los ayudará
a escapar de los temibles samuráis.

La casa del árbol #6
Una tarde en el Amazonas

Annie y Jack viajan al bosque tropical de
la cuenca del río Amazonas y allí deben
enfrentarse a las hormigas soldado y a los
murciélagos vampiro.

La casa del árbol #7
Un tigre dientes de sable en el ocaso

Jack y Annie viajan a la Era Glacial y se
encuentran con los hombres de las cavernas y
con un temible tigre de afilados dientes.

La casa del árbol #8
Medianoche en la Luna

Annie y Jack viajan a la Luna y se encuentran con
un extraño ser espacial que los ayuda a salvar
a Morgana de un hechizo.

La casa del árbol #9
Delfines al amanecer

Annie y Jack llegan a un arrecife de coral donde encuentran un pequeño submarino que los llevará a las profundidades del océano: el hogar de los tiburones y los delfines.

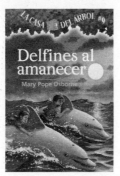

La casa del árbol #10
Atardecer en el pueblo fantasma

Annie y Jack viajan al salvaje Oeste, donde deben enfrentarse con ladrones de caballos, se hacen amigos de un vaquero y reciben la ayuda de un fantasma solitario.

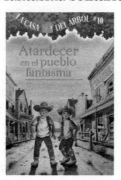

La casa del árbol #11
Leones a la hora del almuerzo

Annie y Jack viajan a las planicies africanas.
Allí ayudan a los animales a cruzar un río torrencial
y van de "picnic" con un guerrero masai.

La casa del árbol #12
Osos polares después de la medianoche

Annie y Jack viajan al Ártico, donde reciben ayuda
de un cazador de focas, juegan con osos polares
recién nacidos y quedan atrapados sobre
una delgada capa de hielo.

La casa del árbol #13
Vacaciones al pie de un volcán

Jack y Annie llegan a la ciudad de Pompeya, en la época de los romanos, el mismo día en que el volcán Vesuvio entra en erupción.

La casa del árbol #14
El día del Rey Dragón

Annie y Jack viajan a la antigua China, donde se enfrentan a un emperador que quema libros.

La casa del árbol #15
Barcos vikingos al amanecer

Annie y Jack visitan un monasterio de la Irlanda
medieval el día en que los monjes sufren
un ataque vikingo.

La casa del árbol #16
La hora de los Juegos Olímpicos

Annie y Jack son transportados en el tiempo
a la época de los antiguos griegos y de las
primeras Olimpiadas.

Mary Pope Osborne ha recibido muchos premios por sus libros, que suman más de cuarenta. Mary Pope Osborne vive en la ciudad de Nueva York con Will, su esposo. También tiene una cabaña en Pensilvania.